ねこがのびをする

POEM ANTHOLOGY

木曜会 編／西 真里子 絵

もくじ

Ⅰ　小さな命

II　心

Ⅰ 小さな命

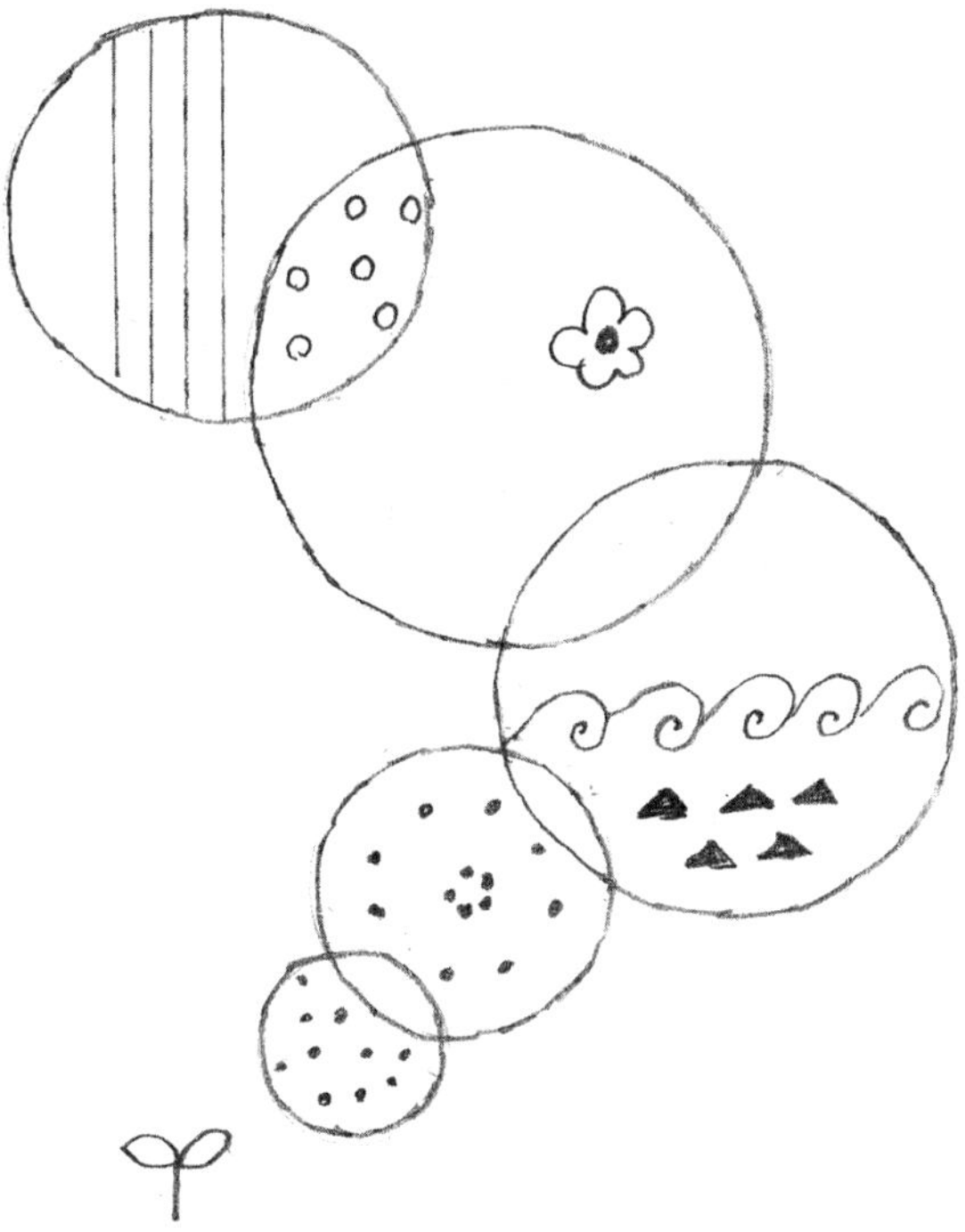

ねこがのびをする

国井《くにい》　利明《としあき》

ねこが　のびをする
せなかをまるめて　のびをする
のびのついでに　おおあくび

ねこが　のびをする
おしりを　もちあげてのびをする
しっぽもぴぴんと　のびをする

ねこが　のびをする
ほほをゆるめて　のびをする
ふくわらいの　かおになる

しらんぷりがこわれそう

国井《くにい》　利明《としあき》

カーテンの　すきまから
しっぽで　おいでおいでしているねこ
あそんで　ほしいんだね
でも　しらんぷりのぼく

ちゃいろの手《て》が
こっちだようと　手まねきしている

なんども　手まねき
それでも　しらんぷりのぼく

ニャオー　ニャオー
ねこなで声《ごえ》で　さそっている
あそんでよーと　あまえてくる
ねこの　ゆうわくに
しらんぷりが　こわれそう

ポストの見張《みは》り番《ばん》

三輪《みわ》　アイ子《こ》

お手紙出《てがみだ》しに行《い》く道《みち》は
金木犀《きんもくせい》のにおう道
風《かぜ》がにおいを
はこぶ道

赤《あか》いポストの上《うえ》には
こねこがひるね

お手紙入《い》れたら　片目《かため》をあけて
ミャーゴとないた
こねこはポストの
見張り番みたい

ごめんね　おたまじゃくし

宮中《みやなか》　雲子《くもこ》

おたまじゃくしが
あつまって
黒《くろ》い大《おお》きな
かたまりになっていたよ
そっとみていたのに
気《き》づかれて

いっさんぱらりこ
ちりぢりに　ちっていったよ
じゃまするつもりは
なかったのに
ごめんね　おたまじゃくし
みんないっしょが　やっぱりいいね

あたまとしっぽで

滝波《たきなみ》　万理子《まりこ》

おたまじゃくしは
あたまと　しっぽで
できてるみたい
くねくね　くね
しっぽが　あたまを　おしていく

おたまじゃくしが
おいけの　すみに
あつまってるよ
ゆらゆら　ゆら
しっぽの　ゆらしっこしてるのね

雪《ゆき》の中《なか》のキタキツネ

澤井《さわい》　克子《かつこ》

まっ白《しろ》な　画用紙《がようし》のような
雪《ゆき》の上《うえ》を　歩《ある》く
キタキツネ
小《ちい》さな　足《あし》あとをつける
つめたいね
歩きにくいね

人《ひと》が　ふんだ　あとの
道《みち》　見《み》つけた
キタキツネ
その上を　すたすた歩く
らくちんだね
歩きやすいね

リスたちの木《き》だったのかも

渡辺《わたなべ》　寿美子《すみこ》

ぼくんちの庭《にわ》の大《おお》きな木
リスがのぼったり　おりたり
しっぽを大きくふくらませ
わがもの顔《がお》に走《はし》ってる

ぼくよりずっとおじいさんの木
ぼくんちが建《た》つ前《まえ》は

もしかしたら　リスたちの
木だったのかも　しれないね

もふ　もふ　もふ

土屋《つちや》　律子《りつこ》

砂浜《すなはま》の砂のなかにいる
たくさんの
あさりたち

砂が入《はい》るから
口《くち》をとじたまま
あさりのおしゃべり

もふ　もふ　もふ

砂のなかで
もふ　もふ　もふ
なんのおはなし
しているのかな

海水《かいすい》がみちてきたら
おしゃべりやめて
おやすみね

春《はる》をまつ

かみや　じゅんこ

葉《は》の落《お》ちたアジサイの枝《えだ》に
くっついた茶色《ちゃいろ》の綿菓子《わたがし》
カマキリの卵《たまご》

「ここが一番《いちばん》」と
カマキリの母《かあ》さんが見《み》つけた所《ところ》

北風《きたかぜ》はゆりかご
雪《ゆき》の日《ひ》も綿菓子の中《なか》で大丈夫《だいじょうぶ》
冬《ふゆ》の陽《ひ》にほっこり

枝先《えださき》の
アジサイの芽《め》とともに
春《はる》をまつ
カマキリの卵

わあ！　とかげ

柘植《つげ》　愛子《あいこ》

石《いし》の下《した》から　チョロリ出《で》てきたとかげ
いやぁ……と　かあさん
草《くさ》とりしていて　行《い》きあったとかげ
おっ……と　かあさん
植木鉢《うえきばち》の下から　とび出《だ》したとかげ
わぁ……と　かあさん
どこで出合《あ》っても　びっくりするかあさん

ぼくも　とかげを見《み》つけたくって
石をどけてみたけど　いない
草むらをわけてみたけど　いない
植木鉢の下にも　いない
探《さが》しても探しても　どこにもいない
とかげもかあさんにびっくりして
かくれちゃったんだな

縞《しま》・縞のまほう

尾崎《おざき》　杏子《きょうこ》

ブラインドのすきまから
月《つき》の光《ひかり》がつくるしましまし
体《からだ》はしましまし
足《あし》もしましまし

心《こころ》のなかまでしみこんで
しま馬《うま》になったようなきぶん

こんやの夢《ゆめ》は
きっとしま馬

大地《だいち》をけってかけている
風《かぜ》をきり　たてがみなびかせ
サバンナいちの
おしゃれなしま馬

つららこわいな

尾崎《おざき》　杏子《きょうこ》

のきしたにさがった　つんつん　つらら
カキーンととがって
みてるとこわい
つらら　ギザギザ
きょうりゅうの歯《は》のようだよ

するどくとがった　つんつん　つらら
よだれをたらして
まちかまえてる
ティラノザウルス
たべちゃうぞーといってるみたい

Ⅱ

心

竹《たけ》ぼうきで

宮田《みやた》　滋子《しげこ》

魔法使《まほうつか》いが　飛《と》んでいる
絵本《えほん》の中《なか》を　飛んでいる
竹ぼうきで
らくちんそうに　飛んでいる
いいな
もしも　じゃなくて　ほんとうに
魔法使いと　おんなじに

飛んで行《ゆ》けたらいいな
竹ぼうきで　学校《がっこう》へ

空《そら》を自由《じゆう》に　飛びたいな
呪文《じゅもん》を唱《とな》え　飛びたいな
竹ぼうきで
天馬《てんま》みたいに　飛びたいな
いいな
もしも　じゃなくて　ほんとうに
魔法使《まほうつか》いに　負《ま》けないで
飛んで行けたらいいいな
竹ぼうきで　日本中《にほんじゅう》

ひとりじゃつまらない

宮中《みやなか》　雲子《くもこ》

ひとりあやとり
小川《おがわ》ができた
きれいな水《みず》が　ながれていると
お話《はなし》しながら　さてつぎへ

ひとりあやとり
あみができた

木彫《きぼ》りの置《お》き物《もの》　みみずくさん
あみをかぶせて　つかまえた

ひとりあやとり
つづみができた
うまくかたちに　なっている
ぽぽんとつづみの　音《おと》まねた

ひとりあやとり
はじめにもどって
どんなに上手《じょうず》に　続《つづ》いても
ひとりじゃやっぱり　つまらない

朝《あさ》の音《おと》

西脇《にしわき》　たみ恵《え》

トントントン　トントントントン
包丁《ほうちょう》が歌《うた》ってる
まな板《いた》たたいて　歌ってる
お母《かあ》さん　気分《きぶん》がいいみたい
軽《かる》くてとっても　いいリズム
今日《きょう》のおみそ汁《しる》

中身《なかみ》はだいこんね
音でわかる　ああいい気分《きぶん》

トントントン　トントントン
音で起《お》きたけれど
お母さんの声《こえ》がかかるまで
もう少《すこ》しだけ　寝《ね》ていよう

ママも本《ほん》も大好《だいす》き

瀬野《せの》　啓子《けいこ》

本を読《よ》むのが大好き
一日中《いちにちじゅう》読んでいたい
物語《ものがたり》の続《つづ》きが気《き》になって
学校《がっこう》から帰《かえ》ると　すぐ開《ひら》く
手《て》を洗《あら》ったの？　うがいしたの？

宿題《しゅくだい》しなさい！　塾《じゅく》におくれないでね！

合唱《がっしょう》の会《かい》で鍛《きた》えた
ママの高《たか》い声《こえ》が響《ひび》く

おこっている声も笑《わら》っている声も
本を読む時《とき》のビージーエム

大好きな　ママの声を聞《き》きながら
今日《きょう》も　本を読んでいる

かあさんの習慣《しゅうかん》

寺澤《てらさわ》　朋子《ともこ》

いつもすっきりしている
かあさんの台所《だいどころ》
水切《みずき》りかごには
お茶《ちゃ》わんがせいぞろい

よくみると
とうさん　かあさん

おにいちゃん　わたしのじゅんで
たてに一列《いちれつ》にならんでいる

かあさんの習慣
〝目《め》をつぶっていても
とりだせるように……〟ですって

おばあちゃんの手《て》

草間《くさま》　もよ子《こ》

おばあちゃんの手
皮《かわ》をつまむと
びょーんとのびる
ひっぱっても　いたくないという
右手《みぎ》も　左手《ひだり》も同《おな》じく
びょーんとのびる

おばあちゃんの手
血管《けっかん》が　よくみえる
右手と左手で
ながれるみちの　かたちがちがう
おなじでなくて
だいじょうぶなんだね

かぜ　おいしいね

土屋《つちや》　律子《りつこ》

ママの
自転車《じてんしゃ》の
うしろに
のって
おでかけ

カレー屋《や》さんの

まえを
とおる

かぜが
カレー屋さんの
いいい　におい
はこんできた

かぜ　おいしいね

秋《あき》の物干《ものほ》し台《だい》

北野《きたの》　千賀《ちか》

暑《あつ》かった頃《ころ》にかけてた
夏《なつ》がけ布団《ぶとん》
物干し台で　秋風《かぜ》にふかれてる
今年《ことし》の夏は　よく働《はたら》いたと
ほっとしたように
ヒラヒラゆれてる
また来年《らいねん》ね

夏休《なつやす》み　よく着《き》ていた
ワンピース
物干し台で　秋風につつまれて
林間学校《りんかんがっこう》　楽《たの》しかったと
思《おも》い出《だ》してるように
時々《ときどき》ゆれてる
また来年ね

風《かぜ》は　まじゅつし

瀬野《せの》　啓子《けいこ》

ママが干《ほ》した　洗《せん》たく物《もの》
風にパタパタ　ゆすられて
ボクが出来《でき》ない逆上《さかあ》がり
かわりに　ズボンが　れんしゅうしてる
右足《みぎあし》だけ　成功《せいこう》したけど
左足《ひだり》失敗《しっぱい》　もう少《すこ》しだよ

ママが干した　洗たく物
風がふわふわ　ゆすってる
妹《いもうと》の花柄《はながら》のワンピース
両手《りょうて》を広《ひろ》げて　おどってる
スカートは　開《ひら》いたり　つぼんだり
風の言《い》うなり　レッスンしてる

帽子《ぼうし》を追《お》いかける

鈴井《すずい》　清子《きよこ》

風《かぜ》に
ぼくの帽子がヒョイと
頭《あたま》からはなれて
コロコロコロ　ころがっていく

帽子が飛《と》んだのは
ゴムをあごにかけていなかったから……

お母《かあ》さんが大《おお》きな帽子をえらんだから……
わけはどうでも
いそいで帽子を追いかける

みずたまりの答案用紙《とうあんようし》

大楠《おおくす》　翠《みどり》

みずたまりの
答案用紙は
まるをもらって
うっきうき
ポツポツ雨《あめ》よ
ふりやむな　ふりやむな

あめあがりの
答案用紙は
にじがかかって
わっくわく
そんなテストが
あったらな　あったらな

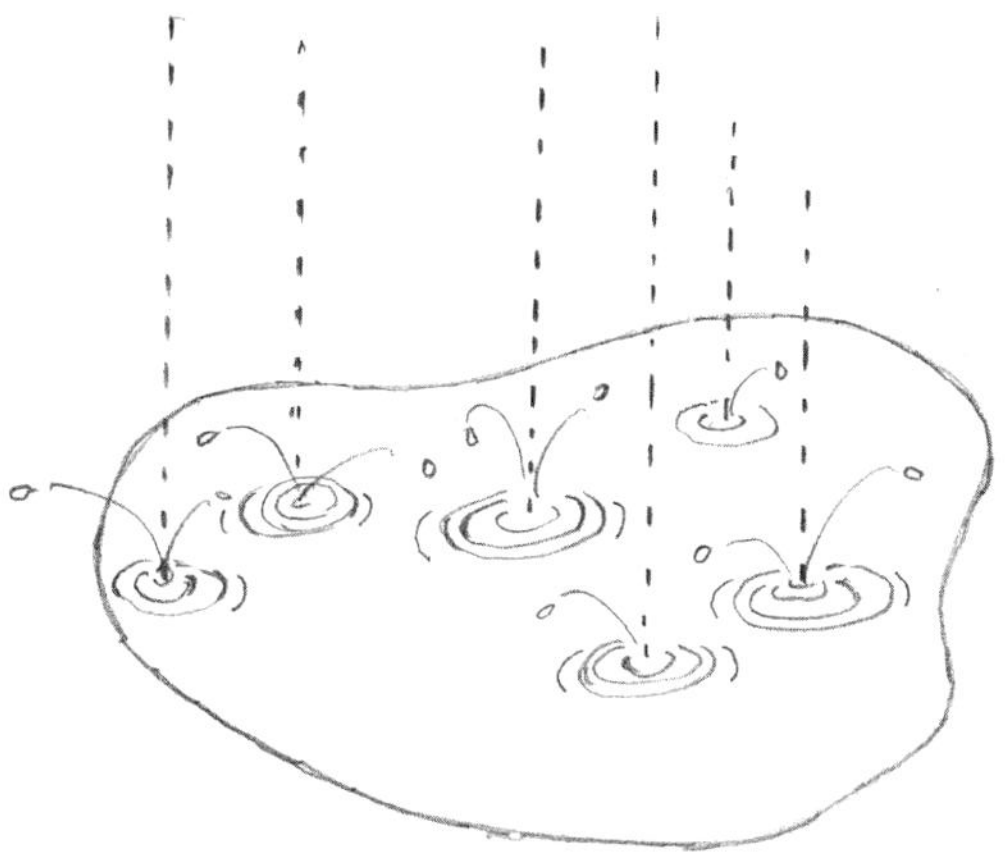

空《そら》の洗濯《せんたく》

西脇《にしわき》　たみ恵《え》

昨日《きのう》の雨《あめ》は何処《どこ》へ行《い》ったの
快晴《かいせい》　快晴
なんだか　とっても　嬉《うれ》しくなる
特別《とくべつ》な日をプレゼントされたみたい

嫌《いや》な嫌な　雨だったけど
あれは空の洗濯

大気中《たいきちゅう》の空気《くうき》を　思《おも》う存分《ぞんぶん》
ザブザブ洗《あら》っていたんだ

公園《こうえん》の木々《きぎ》も汚《よご》れが落《お》ちて
見違《みちが》えるようにきれい
夜《よる》は夜で　洗いたての星《ほし》がピカピカ
気持《きも》ち良《よ》さそうに　光《ひか》っている

花《はな》になる合図《あいず》

西脇《にしわき》　たみ恵《え》

ワンタッチの　ピンクの傘《かさ》
元気《げんき》に　ポン　パッ
花になる合図　ポン　パッ

ピンクの傘を　開《ひら》くと
ピンクの花に　変身《へんしん》
雨《あめ》の中《なか》を行《い》く　私《わたし》は花だ

うなだれないで　歩《ある》こう
元気に　歩こう
たとえ　強《つよ》い雨に叩《たた》かれても

ママが買《か》ってくれた　ピンクの傘
ジャンプジャンプ　ジャンプ傘
雨の中を行く　私は花だ

※ジャンプ傘とはワンタッチ傘の通称《つうしょう》

誕生日《たんじょうび》の朝《あさ》に

滝波《たきなみ》　万理子《まりこ》

朝起《お》きて……今日《きょう》は私《わたし》の誕生日
ひとつ年《とし》がたされて
きのうの私と　どこか違《ちが》ったのかしら
鏡《かがみ》に全身《ぜんしん》を映《うつ》してみる
頭《あたま》のてっぺんから　つま先《さき》まで見《み》ても
どこも違ってない

日《ひ》めくりカレンダーのように
はっきり変《か》わればいいのに
人《ひと》は少《すこ》しずつしか変わらないのね
わからないけど
どこかが少し違った新《あたら》しい私に
おはよう

チョコレートのあき箱《ばこ》

宮中《みやなか》　雲子《くもこ》

おいしい匂《にお》いが
のこっている
チョコレートの　あき箱
なかみはなくなっても
ときどき開《ひら》いて
匂いをたのしむ

箱《はこ》がきれいで
捨《す》てられない
チョコレートの　あき箱
匂いがなくなっても
ハガキや手紙《てがみ》を
大事《だいじ》に入《い》れてる

ずるーい

滝波《たきなみ》　万理子《まりこ》

鏡《かがみ》の前《まえ》で目《め》を閉《と》じる
わたしには
目を閉じた自分《じぶん》の顔《かお》は
見《み》えないよ

だけど
鏡は　ちゃんと

目を閉じた　わたしの顔を
見ている

わたしの知《し》らない
わたしの顔
鏡は知っている
ずるーい

ぼくだって　ぼくだって

尾崎《おざき》　杏子《きょうこ》

男《おとこ》の子《こ》でしょ　なかないの
ママが口《くち》ぐせのようにいう
だからいまも　なみだをこらえてる
男の子って
ぼくがえらんだわけじゃないのに
ぼくだって　ぼくだって　いもうとのように
おもいっきり　なきたいときもある

お兄《にい》ちゃんでしょ　がまんして
ママは口ぐせのようにいう
だからいまも　はをくいしばってる
お兄ちゃんも
ぼくがえらんだわけじゃないのに
ぼくだって　ぼくだって　いもうとのように
おもいっきり　わがままいってみたい

三角《さんかく》のつりかわ

澤井《さわい》　克子《かつこ》

電車《でんしゃ》は
座《すわ》っている人《ひと》ばかり
三角のつりかわ
たいくつそうに　ゆれている

ぼくも　たいくつ
三角のつりかわ

トライアングルみたいに
見《み》えてきて
はじから　ぽんぽん　ぽんぽん
たたいてみたい
うずうずしちゃう

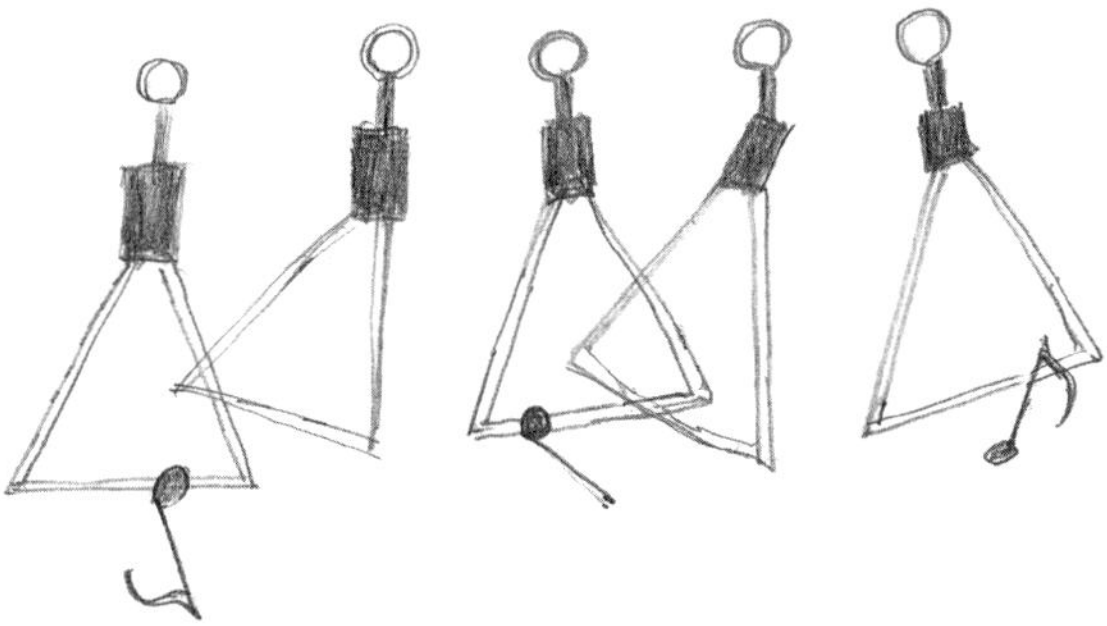

夢見《ゆめみ》る二番《にばん》

大楠《おおくす》　翠《みどり》

期末試験《きまつしけん》では
いつも二番
それがくやしい
運動会《うんどうかい》では
いつも二等《とう》
それがくやしい

くやしい二番
二番はつらい
ふと気《き》がついた
二番の強味《つよみ》
いつか追《お》い抜《ぬ》く
夢が見《み》られる

弟《おとうと》がうまれたら

北野《きたの》　千賀《ちか》

弟がうまれたら
せんたく物《もの》ハンガーに
弟のせんたく物がいっぱい
家族《かぞく》がふえると
物干《ほ》し台《だい》も　にぎやかになるね

弟がうまれたら
リビングのおもちゃ箱《ばこ》に
弟のものが仲間入《なかまい》り
兄弟《きょうだい》ができると
おもちゃもふえていくね

元旦《がんたん》がたんじょう日《び》

三輪《みわ》　アイ子《こ》

私《わたし》が生《う》まれたのは
一月一日《いちがつついたち》
どこのお店《みせ》も　お休《やす》み
お祝《いわ》いのケーキも
お赤飯《せきはん》もない

おめでとうは

私にじゃない
日本中《にほんじゅう》が　おめでたい
おめでとうは
私にだけいわれたい

年《とし》の始《はじ》め

渡辺《わたなべ》　恵美子《えみこ》

初日《はつひ》の出《で》　初もうで　初がま
書《か》き初《ぞ》め　弾《ひ》き初め　泳《およ》ぎ初め
初売《う》り　初買《が》い
年の始《はじ》めは　初　初　初

ボクは
サッカーの初練習《れんしゅう》

初めて
そでを通《とお》すユニホーム
初めてはく　まっ白《しろ》なシューズ
心《こころ》の中《なか》まで　おニューになって
やる気《き》まんまん
サッカー場《じょう》に向《む》かう

Ⅲ　自然など

手《て》のひらの小石《こいし》

岩原《いわはら》　陽子《ようこ》

小石は
長《なが》い時間《じかん》　河《かわ》を流《なが》れ
角《かど》がとれて
まるくなって
手のひらの中《なか》で眠《ねむ》っている

時《とき》おり

その手をひらいて
小石の遠《とお》い日《ひ》の記憶《きおく》をたどってみる

手のひらの中の
小さな小石は
遠い日を夢《ゆめ》みながら眠っている

この音《おと》なあに

中尾《なかお》　寿満子《すまこ》

お手玉《てだま》ひとつ　手の中《なか》で
コロ　コロ　コロと　ころがした
シュッ　シュッ　カシャッと　なっている
この音なあに　小石《こいし》かな

お手玉ひとつ　手のひらで
ポン　ポン　ポーンと　あげてみる

シュワ　シュワ　シュワーと　ひびいてる
この音なあに　あずきかな

お手玉ふたつ　手にもって
右手《みぎ》と左手《ひだり》　いったり　きたり
シュワーン　シュワーンと　うたってる
この音　そうだ　じゅず玉だ

への字《じ》

瀬野《せの》　啓子《けいこ》

広《ひろ》い　広い　砂丘《さきゅう》
への字　への字が
ならんでる　ならんでる
風《かぜ》さんは
への字の　れんしゅう　しているのかな

広い　広い　砂浜《すなはま》
への字　への字が
つづいてる　つづいてる
砂丘は
笑《わら》っているのかな　へへ　へへって

くうちゅうブランコ

草間《くさま》　もよ子《こ》

木《き》と木のあいだにある　くものすに
かれはが一《いち》まい　ぶらさがっている
木から　おちるときに
くものすに　つかまっちゃったんだね

かれはは　かぜがふくと
ゆら　ゆら　したり

くる　くる　まわったり
ブラン　ブラン　大《おお》きくゆれたりしてる
くものすに　つかまったけれど
たのしそうに　ゆれていて
サーカスの
くうちゅうブランコのりみたい

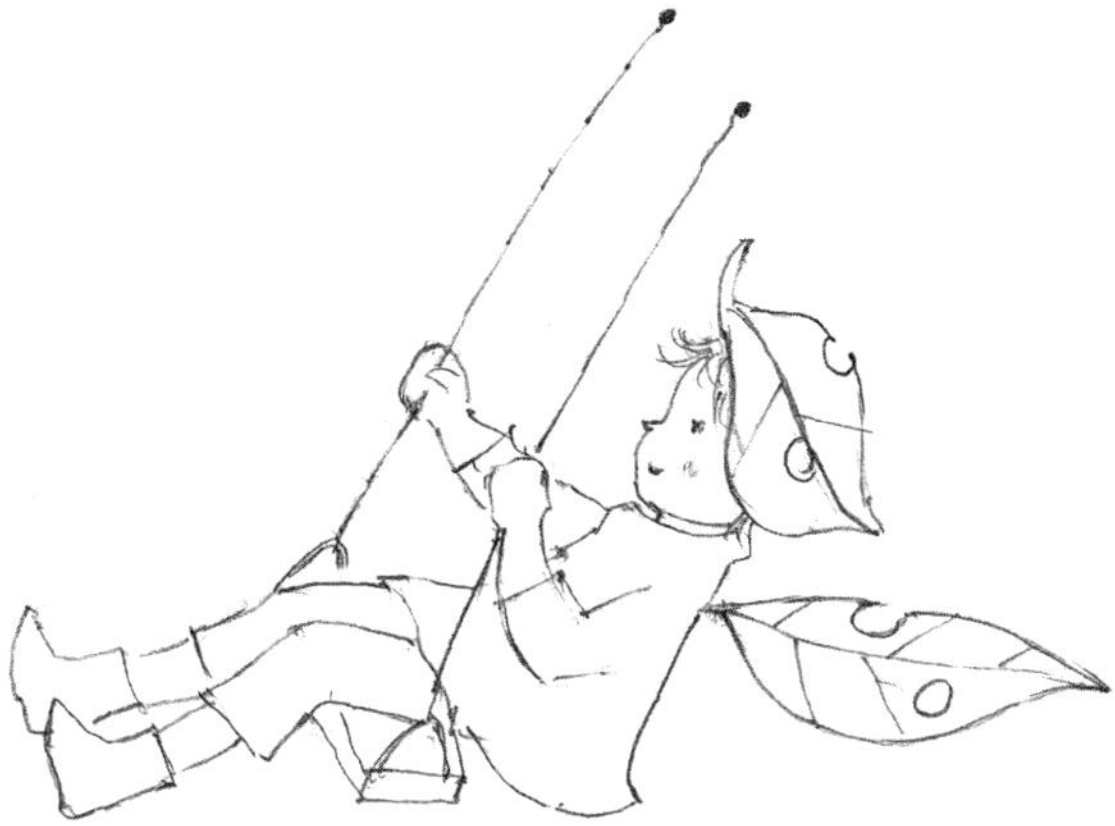

春《はる》のちぎり絵《え》

宮田《みやた》　滋子《しげこ》

さくら　さくら
風《かぜ》がさわれば
花《はな》ふぶき
くすぐったくて
笑《わら》いころげる
花ふぶき

空《そら》も　道《みち》も

水玉《みずたま》もよう
　花ふぶき
番地《ばんち》も消《け》して
あそび心《ごころ》の
　花ふぶき

さくら　さくら
ビルの窓《まど》にも
　花ふぶき
昔《むかし》も　今《いま》も
春のちぎり絵
　花ふぶき

イチョウのせんす屋《や》

宮田《みやた》　滋子《しげこ》

イチョウの大木《たいぼく》
せんす屋さん
何千何万《なんぜんなんまん》の　小《ちい》さいせんす
青空《あおぞら》に　広《ひろ》げて
「いかがです?
　いい風《かぜ》ですよ」
ときどき　いっせいに

あおいでみせる
鳥居《とりい》のかたわら
せんす屋さん
見本《みほん》にちらほら　撒《ま》いてるせんす
地面《じめん》に　ひろげて
「ぜひ　どうぞ！
新作《しんさく》ですよ」
さんぽの　おみやげに
すすめてくれる

月《つき》を食《た》べたよ

渡辺《わたなべ》　恵美子《えみこ》

月食《げっしょく》の日《ひ》
地球《ちきゅう》が月を食べていく
モグモグ　ムシャムシャ
少《すこ》しずつ　少しずつ
まんまるの月が三日月《みかづき》になって
最後《さいご》は

すっぽり　まんまるのまま
地球のおなかに　おさまった

クリごはん

渡辺《わたなべ》　恵美子《えみこ》

クリ　クリ　クリ　クリ
クリごはん
ごはんの上《うえ》に
ちょこんと黄色《きいろ》い顔《かお》だして
食《た》べごろだよ　と自慢《じまん》する

クリ　クリ　クリ　クリ
クリごはん
ごはんの中《なか》で
出番《でばん》を待《ま》ってるクリがいて
早《はや》く食べて　と呼《よ》んでいる

線香花火《せんこうはなび》

中原《なかはら》　千津子《ちづこ》

こよりに火薬《かやく》をつめてつくられた
つつましやかな線香花火

ちゃっ　ちゃっ　ちゃっ
かわいい音《おと》をたてて
形《かたち》をかえる
菊《きく》になったり　松葉《まつば》になったり

柳《やなぎ》になると
終《お》わりがちかづいたしるし

やがて
小《ちい》さな火《ひ》の玉《たま》が
ジュクジュクと燃《も》えて
ポトンと落《お》ちる

このあっけなさが
たまらない

風花《かざはな》

吉田《よしだ》　房子《ふさこ》

朝起《あさお》きて　外《そと》を見《み》ると
風花が　一面《いちめん》に落《お》ちている
昨夜《さくや》　強《つよ》い北風《きたかぜ》が
山《やま》の方《ほう》に降《ふ》る雪《ゆき》を
吹《ふ》き飛《と》ばして
飾《かざ》ったのだろう

屋根《やね》から　庭《にわ》の隅々《すみずみ》まで
きれいに並《なら》んでいるよ
この大自然《だいしぜん》の営《いとな》み
だれにも真似《まね》できない
じょうずにできたね
風《かぜ》さん　花まるだよ

幸《しあわ》せのワイルドストロベリー

森《もり》　路子《みちこ》

〈花《はな》が咲《さ》くと幸せが訪《おとず》れる〉という
ワイルドストロベリーの苗《なえ》
ちょっぴり元気《げんき》のなかった
友人《ゆうじん》に贈《おく》りました
今《いま》ごろ彼女《かのじょ》の庭《にわ》では
妖精《ようせい》たちが

花を咲かせる準備《じゅんび》をしていることでしょう

もしかしたら
彼女が気《き》づかないだけで
もう花を咲かせているかもしれません

だってうっかり見逃《みのが》してしまうほど
小《ちい》さな小さな花ですもの

でも幸せって
きっとそういうもの

#「木曜手帖」六十周年・十冊目となったポエムアンソロジー

宮中雲子

第二次世界大戦のあと、サトウ家の丸太小屋（庭に建てられていた書庫）に、木曜日毎、サトウハチロー、藤田圭雄、野上彰、菊田一夫等が集まって、戦後の文化について話していました。（敬称略）

これが木曜会の始まりで、その後、詩の勉強をしたいという人が来るようになり、詩の勉強会になっていきました。そこで作られた作品を発表する場として、童謡と抒情詩の月刊誌「木曜手帖」が一九五七年（昭和三十二年）五月に創刊されたのでした。巻頭言にその方向が示されています。

ボクたちは
よいうた
美しいうた
やさしいうた

かわいいうた
すがすがしいうた
あかるいうた
わだかまりのないうた
くりかえしてみて
かすの残らないうた
悔いの残らないうた
ボクたちは
そういう　ウタを
つくりたいのです
ボクたちはそれに向って
すすんで行きたいのです

戦後の童謡を牽引してきたハチロー先生は、自分なりに独自の後進を育てていきたいと考え、多くは素人を集めてのスタートでした。三号雑誌に終わらないようにと、スポンサーも探しての運営で、一号も休むことなく刊行し続けていました。

ところが、二〇〇号でハチロー先生が逝去。

多くの人が去っていきましたが、木曜会で育てられ「木曜手帖」を続けたいと願う数人で継続。新しい人も加わって六〇〇号まで刊行しました。

活版から電算印刷になると、経費もかさんできて、何とかしなければと考え始めたころ、インターネットによる発表を薦められて、移行することになったのでした。

インターネットで縦書きにすると、これまた経費がかさみます。余儀なく横書きでの発表となったのですが、詩はやはり冊子で縦書きによって発表したいと、一～二年毎、ポエムアンソロジーを刊行することになりました。

インターネットで発表した作品の中から、各人それぞれの詩を選んで合同詩集にしてきたのです。それが、今回で十冊に至りました。

『いまも星はでている』、『いったりきたり』、『宇宙からのメッセージ』、『地球のキャッチボール』、『おにぎりとんがった』、『みぃーつけた』、『ドキドキがとまらない』、『神様のお通り』、『公園のひだまりで』、『ねこがのびをする』。

ずっと出版は銀の鈴社からで、絵は西真里子さんにお願いしてきました。

二〇一八年には童謡誕生一〇〇年を迎えます。鈴木三重吉が子ども向けのお話と童謡の雑誌「赤い鳥」を創刊したのが一九一八年（大正七年）で、この時から数えてのことです。

それに先立ち、二〇一七年（平成二十九年）「木曜手帖」は（インターネットに移行はしましたが）創立六十周年を迎えます。

童謡専門誌としてスタートした「木曜手帖」。長い年月の間に、大人向けの詩が多くなったものの、童謡の欄を絶やすことなく継続してきました。

ここまで一緒に歩いてきた、宮田滋子、西脇たみ恵、瀬野啓子、尾崎杏子、滝波万理子、渡辺恵美子、それに宮中雲子等、編集部のメンバーに加え、会員のみんなで十冊に至ったポエムアンソロジーの刊行を誇りに思っています。

国井利明さんはこの詩集の編集の後、二〇一六年五月二〇日に逝去されました。謹んでここに記します。

木曜会（もくようかい）

1957年５月　サトウハチロー主宰「木曜手帖」創刊
1973年11月　「木曜手帖」200号でサトウハチロー没
　　　　　　その後、弟子が引き継いで「木曜手帖」刊行
1998年４月　ポエムアンソロジー『いまも星はでている』（銀の鈴社）
2000年２月　ポエムアンソロジー『いったり　きたり』（銀の鈴社）
2002年７月　ポエムアンソロジー『宇宙からのメッセージ』（銀の鈴社）
2004年６月　ポエムアンソロジー『地球のキャッチボール』（銀の鈴社）
2005年９月　ポエムアンソロジー『おにぎりとんがった』（銀の鈴社）
2006年６月　「木曜手帖」600号刊行（終刊号）
2006年７月　第５回童謡文化賞受賞
2006年８月　ウェブ上でインターネット木曜手帖を開始
2007年７月　ポエムアンソロジー『みぃーつけた』（銀の鈴社）
2009年２月　ポエムアンソロジー『ドキドキがとまらない』（銀の鈴社）
2013年６月　ポエムアンソロジー『神さまのお通り』（銀の鈴社）
2014年12月　ポエムアンソロジー『公園のひだまりで』（銀の鈴社）

童謡と抒情詩の勉強会『木曜会』を谷中に於て開催
毎月第２火曜日　昼の部　午後1:30～3:30
　　　　　　　　夜の部　午後6:30～8:30
　　　　　　　　（八月は休会）

木曜会主催公式ホームページアドレス
http://www.mokuyou-tetyou.jp

西　真里子（にし　まりこ）

旭川市生まれ　一水会委員
一水会優賞、一水会賞、同新人賞等受賞
日展、女流画家協会展に入選
グループ展（三越日本橋本店、東京銀座画廊等）多数
個展（旭川、仙台、軽井沢、銀座等）多数
著書『深沢紅子先生のけもない話』銀の鈴社
本の装丁、イラスト、ポストカード等多数
ホームページアドレス　http://www.mari-n.com/

NDC911　木曜会
神奈川　㈱銀の鈴社　2016
105頁　21cm（ねこがのびをする）

ポエム・アンソロジー　12

ねこがのびをする

平成28年（2016年）8月1日初版発行
定価：1600円＋税

著　者　木曜会　編©　西　真里子・絵
発行者　柴崎聡・西野真由美
発　行　㈱銀の鈴社
メールアドレス info@ginsuzu.com.
ホームページ　http://www.ginsuzu.com.

ISBN978-4-87786-409-5　C8092
落丁・乱丁本はお取り替え致します

印　刷　電算印刷
製　本　渋谷文泉閣

…ジュニアポエムシリーズ…

1 鈴木敏史・詩集 宮下琢郎・絵 星の美しい村 ★☆
2 小池知子・詩集 高志孝子・絵 おにわいっぱいぼくのなまえ ★☆
3 鶴岡千代子・詩集 武田淑子・絵 白い虹 児文芸新人賞
4 楠木しげお・詩集 久保雅勇・絵 カワウソの帽子
5 津坂治男・詩集 垣内美穂・絵 大きくなったら ★◇
6 後藤れい子・詩集 山本まつ子・絵 あくたれぼうずのかぞえうた
7 北村蔦子・詩集 柿本幸造・絵 あかちんらくがき
8 吉田瑞穂・詩集 吉田翠・絵 しおまねきと少年 ★⟐◎
9 新川和江・詩集 葉祥明・絵 野のまつり ★☆
10 阪田寛夫・詩集 織茂恭子・絵 夕方のにおい ★◈☆○
11 高田敏子・詩集 若山憲・絵 枯れ葉と星 ★☆
12 原田直友・詩集 吉田翠・絵 スイッチョの歌 ★◎
13 小林純一・詩集 久保雅勇・絵 茂作じいさん ★◉●☆◎
14 長谷川俊太郎・詩集 長新太・絵 地球へのピクニック ★◎
15 与田準一・詩集 深沢省三・深沢紅子・絵 ゆめみることば ★

16 岸田衿子・詩集 中谷千代子・絵 だれもいそがない村
17 江間章子・詩集 榊原直美・絵 水と風 ◇◎
18 原田直友・詩集 小野まり・絵 虹—村の風景— ★
19 福田正夫・詩集 福田達夫・絵 星の輝く海 ★☆
20 草野心平・詩集 長野ヒデ子・絵 げんげと蛙 ★☆○◇
21 宮田滋子・詩集 青木まさる・絵 手紙のおうち ☆○
22 久保田昭三・詩集 斎藤彬子・絵 のはらでさきたい
23 鶴岡千代子・詩集 加倉井和夫・武田淑子・絵 白いクジャク ★●
24 尾上尚子・詩集 まど・みちお・絵 そらいろのビー玉 ★☆ 児文協新人賞
25 水上紅・詩集 深沢紅子・絵 私のすばる ☆
26 野呂昶・詩集 福島一二三・絵 おとのかだん ★
27 こやま峰子・詩集 武田淑子・絵 さんかくじょうぎ ☆
28 青戸かいち・詩集 駒宮録郎・絵 ぞうの子だって
29 まきたかし・詩集 福田達夫・絵 いつか君の花咲くとき ★☆♡
30 薩摩忠・詩集 駒宮録郎・絵 まっかな秋 ★☆♡

31 新川和江・詩集 福島一二三・絵 ヤァ！ヤナギの木 ★☆○♡
32 井上靖・詩集 駒宮録郎・絵 シリア沙漠の少年 ★☆♡
33 古村徹三 詩・絵 笑いの神さま
34 江上波夫・詩集 青空風太郎・絵 ミスター人類 ○☆
35 秋原秀夫・詩集 鈴木義治・絵 風の記憶 ★◎
36 水村三千夫・詩集 武田淑子・絵 鳩を飛ばす
37 久冨純江・詩集 渡辺安芸夫・絵 風車 クッキングポエム
38 日野生三・詩集 吉野晃希男・絵 雲のスフィンクス ★
39 佐藤雅子・詩集 佐藤太清・広瀬きよみ・絵 五月の風 ★
40 小黒恵子・詩集 武田淑子・絵 モンキーパズル ★
41 木村信子・詩集 山本典子・絵 でていった
42 中野栄子・詩集 吉田翠・絵 風のうた ☆
43 宮田滋子・詩集 牧村慶子・絵 絵をかく夕日 ★
44 大久保ティ子・詩集 渡辺安芸夫・絵 はたけの詩 ★☆
45 秋原秀夫・詩集 赤星亮衛・絵 ちいさなともだち ♥

☆日本図書館協会選定
★全国学校図書館協議会選定（SLA）
□少年詩賞　■茨城県すいせん図書
○厚生省中央児童福祉審議会すいせん図書
●日本童謡賞　♧岡山県選定図書
♡日本子どもの本研究会選定
♥秋田県選定図書
♣愛媛県教育会すいせん図書
◇岩手県選定図書
◆京都府選定図書
⟐芸術選奨文部大臣賞
◉赤い鳥文学賞　◈赤い靴賞

…ジュニアポエムシリーズ…

- 46 日友靖子詩集 藤城清治・安西明美・絵 猫曜日だから ◆☆
- 47 秋葉てる代詩集 武田淑子・絵 ハープムーンの夜に ♡
- 48 こやま峰子詩集 山本省三・絵 はじめのいーっぽ ★♡
- 49 黒柳啓子詩集 金子滋・絵 砂かけ狐 ♡
- 50 三枝ますみ詩集 武田淑子・絵 ピカソの絵 ☆♡●
- 51 夢虹二詩集 武田淑子・絵 とんぼの中にぼくがいる ♡○❤
- 52 はたちよしこ詩集 まど・みちお・絵 レモンの車輪 □♧
- 53 大岡信詩集 葉祥明・絵 朝の頌歌 ★☆♡❤◎
- 54 吉田瑞穂詩集 吉田翠・絵 オホーツク海の月 ★☆♡
- 55 さとう恭子詩集 村上保・絵 銀のしぶき ★☆♡
- 56 星乃ミミナ詩集 葉祥明・絵 星空の旅人 ★☆♡
- 57 葉祥明詩・絵 ありがとう そよ風 ★♡▲
- 58 青戸かいち詩集 初山滋・絵 双葉と風
- 59 小野ルミ詩集 和田誠・絵 ゆきふるるん ★☆●♡
- 60 なぐもはるき詩・絵 たったひとりの読者 ★♡♧
- 61 小関秀夫詩集 小倉玲子・絵 風《かざ》栞《しおり》 ★♡❤
- 62 海沼松世詩集 守下さおり・絵 かげろうのなか ☆♡
- 63 山本龍生詩集 小倉玲子・絵 春行き一番列車 ♡
- 64 小泉周二詩集 深沢省三・絵 こもりうた ★☆♡
- 65 かわてせいぞう詩集 若山憲・絵 野原のなかで ♡★❤
- 66 えぐちまき詩集 赤星亮衛・絵 ぞうのかばん ♡◆❤
- 67 池田あきつ詩集 小倉玲子・絵 天気雨 ♡
- 68 藤井則行詩集 君島美知子・絵 友へ ♡♧
- 69 藤哲生詩集 武田淑子・絵 秋いっぱい ★♠
- 70 日友靖子詩集 深沢紅子・絵 花天使を見ましたか ★
- 71 吉田瑞穂詩集 吉田翠・絵 はるおのかきの木 ★
- 72 小島禄琅詩集 中村陽子・絵 海を越えた蝶 ☆★❤♡
- 73 にしおまさこ詩集 杉田幸子・絵 あひるの子 ★
- 74 山下竹二詩集 徳田徳志芸・絵 レモンの木 ★
- 75 高崎乃理子詩集 奥山英俊・絵 おかあさんの庭 ★♡
- 76 檜きみこ詩集 広瀬弦・絵 しっぽいっぽん ★●□☆♡
- 77 たかはしけいご詩集 高田三郎・絵 おかあさんのにおい ♡♣□
- 78 星乃ミミナ詩集 深澤邦朗・絵 花かんむり ❤☆♡
- 79 佐藤照雄詩集 津波信久・絵 沖縄 風と少年 ☆♡★
- 80 相馬梅子詩集 やなせたかし・絵 真珠のように ❤★
- 81 小島禄琅詩集 深沢紅子・絵 地球がすきだ ★
- 82 鈴木美智子詩集 黒澤梧郎・絵 龍のとぶ村 ◇★❤
- 83 いがらしれいこ詩集 高田三郎・絵 小さなてのひら ☆
- 84 宮入黎子詩集 小倉玲子・絵 春のトランペット ☆★
- 85 下田喜久美詩集 方振寧・絵 ルビーの空気をすいました ☆
- 86 野呂昶詩集 方振寧・絵 銀の矢ふれふれ ★
- 87 ちよはらまちこ詩・絵集 パリパリサラダ ★
- 88 秋原秀夫詩集 徳田徳志芸・絵 地球のうた ☆★
- 89 中島あやこ詩集 井上緑・絵 もうひとつの部屋 ★
- 90 藤川こうのすけ詩集 葉祥明・絵 こころインデックス ☆

✼サトウハチロー賞　✣毎日童謡賞
☼三木露風賞
♤福井県すいせん図書
▲神奈川県児童福祉審議会推薦優良図書
♠奈良県教育研究会すいせん図書
✧北海道選定図書　☘三越左千夫少年詩賞
◇静岡県すいせん図書
◎学校図書館図書整備協会選定図書（SLBA）

…ジュニアポエムシリーズ…

No.	著者	書名	
91	新井和詩集 高田三郎・絵	おばあちゃんの手紙	☆★
92	はなわたえこ詩集 えばとかつこ・絵	みずたまりのへんじ	★●
93	柏木恵美子詩集 武田淑子・絵	花のなかの先生	☆
94	中原千津子詩集 寺内直美・絵	鳩への手紙	★
95	高瀬美代子詩集 小倉玲子・絵	仲なおり	★
96	杉本深由起詩集 若山憲・絵	トマトのきぶん	☆★◎ 児文芸新人賞
97	宍倉さとし詩集 守下さおり・絵	海は青いとはかぎらない	♧
98	石井英行詩集 有賀忍・絵	おじいちゃんの友だち	■
99	なかのひろ詩集 アサト・シェラ・絵	とうさんのラブレター	☆★
100	小松静江詩集 藤川秀之・絵	古自転車のバットマン	
101	石原一輝詩集 加藤真夢・絵	空になりたい	☆✿★
102	小泉周二詩集 西真里子・絵	誕生日の朝	☆■★
103	くすのきしげのり童謡 わたなべあきお・絵	いちにのさんかんび	☆★
104	成本和子詩集 小倉玲子・絵	生まれておいで	☆★♡♧✿
105	伊藤政弘詩集 小倉玲子・絵	心のかたちをした化石	★
106	川崎洋子詩集 井戸妙子・絵	ハンカチの木	□★☆
107	柘植愛子詩集 油野誠一・絵	はずかしがりやのコジュケイ	✿
108	新谷智恵子詩集 葉祥明・絵	風をください	☆●⊕♡✣☼
109	金親尚子詩集 牧進・絵	あたたかな大地	☆
110	黒柳啓子詩集 吉田翠・絵	父ちゃんの足音	☆★♡□
111	富田栄子詩集 油野誠一・絵	にんじん笛	♡☆
112	原国子詩集 高畠純・絵	ゆうべのうちに	☆
113	宇部京子詩集 スズキコージ・絵	よいお天気の日に	○□●☆◇★
114	武鹿悦子詩集 牧野鈴子・絵	お花見	☆□
115	山本なおこ詩集 梅田俊作・絵	さりさりと雪の降る日	☆★
116	小林比呂古詩集 おおた慶文・絵	ねこのみち	☆
117	後藤れい子詩集 渡辺あきお・絵	どろんこアイスクリーム	☆
118	重清良吉詩集 高田三郎・絵	草の上	☆□❀◆★
119	宮中雲子詩集 西真里子・絵	どんな音がするでしょか	✻★
120	前山敬子詩集 若山憲・絵	のんびりくらげ	☆★
121	川端律子詩集 若山憲・絵	地球の星の上で	♡
122	たかはしけいこ詩集 織茂恭子・絵	とうちゃん	♡❀♣★
123	宮田滋子詩集 深澤邦朗・絵	星の家族	☆●
124	国沢たまき詩集 唐沢静・絵	新しい空がある	
125	池田あきつ詩集 小倉玲子・絵	かえるの国	★
126	黒田恵子詩集 倉島千賀子・絵	ボクのすきなおばあちゃん	☆★♡
127	垣内磯子詩集 宮崎照代・絵	よなかのしまうまバス	☆♡★
128	小泉周二詩集 佐藤平八・絵	太陽へ	❀★●☆♡
129	中島和子詩集 秋里信子・絵	青い地球としゃぼんだま	☆★
130	のろさかん詩集 福島一二三・絵	天のたて琴	☆
131	加藤丈夫詩集 葉祥明・絵	ただ今受信中	☆★
132	北原悠子詩集 深沢紅子・絵	あなたがいるから	♡
133	池田もと子詩集 小倉玲子・絵	おんぷになって	♡
134	鈴木初江詩集 吉田翠・絵	はねだしの百合	★
135	垣内磯子詩集 今井俊・絵	かなしいときには	★

△長野県教育委員会すいせん図書　✡㈶日本動物愛護協会推薦図書
◈茨城県推奨図書

…ジュニアポエムシリーズ…

136 秋葉てる代詩集 やなせたかし・絵 おかしのすきな魔法使い ●★
137 青戸かいち詩集 永田萠・絵 小さなさようなら ֍★
138 柏木恵美子詩集 高田三郎・絵 雨のシロホン ♡★
139 藤井則行詩集 阿見みどり・絵 春だから ♡★◎
140 黒田勲子詩集 山中冬二・絵 いのちのみちを
141 南郷芳明詩集 的場豊子・絵 花時計
142 やなせたかし 詩・絵 生きているってふしぎだな
143 内田麟太郎詩集 斎藤隆夫・絵 うみがわらっている
144 しまざきふみ詩集 島崎奈緒・絵 こねこのゆめ ♡
145 糸永えつこ詩集 武井武雄・絵 ふしぎの部屋から ♡
146 石坂きみこ詩集 鈴木英二・絵 風の中へ ♡
147 坂本のこ詩集 坂本こう・絵 ぼくの居場所 ♡
148 島村木綿子 詩・絵 森のたまご ֍
149 楠木しげお詩集 わたせせいぞう・絵 まみちゃんのネコ ★
150 牛尾良子詩集 上矢津・絵 おかあさんの気持ち ♡

151 三越左千夫詩集 阿見みどり・絵 せかいでいちばん大きなかがみ ★
152 水村三千夫詩集 高見八重子・絵 月と子ねずみ
153 川越文子詩集 横松桃子・絵 ぼくの一歩ふしぎだね ★
154 すずきゆかり詩集 葉祥明・絵 まっすぐ空へ
155 西田純詩集 葉祥明・絵 木の声水の声
156 清野倭文子詩集 水科舞・絵 ちいさな秘《ひ》密《みつ》
157 川奈静詩集 直江みちる・絵 浜ひるがおはパラボラアンテナ ★◎
158 若木良水詩集 西真里子・絵 光と風の中で
159 牧陽子詩集 渡辺あきお・絵 ねこの詩 ★◎
160 宮田滋子詩集 阿見みどり・絵 愛一輪 ★◎
161 井上灯美子詩集 唐沢静・絵 ことばのくさり ☆●
162 滝波万理子詩集 滝波裕子・絵 みんな王《おう》様《さま》 ★●
163 冨岡みち詩集 関口コオ・絵 かぞえられへんせんぞさん ★
164 垣内磯子詩集 辻恵子・切り絵 緑色のライオン ★◎
165 すぎもとれいこ詩集 平井辰夫・絵 ちょっといいことあったとき ★

166 岡田喜代子詩集 おぐらひろかず・絵 千年の音 ★☆◎
167 川奈静詩集 直江みちる・絵 ひもの屋さんの空 ★◎☆♥♡
168 鶴岡千代子詩集 武田淑子・絵 白い花火 ★☆
169 井上灯美子詩集 唐沢静・絵 ちいさい空をノックノック ★◎☆
170 尾崎杏子詩集 ひなた山すじゅう郎・絵 海辺のほいくえん ☆♡★◎
171 柘植愛子詩集 やなせたかし・絵 たんぽぽ線路 ☆♡★◎●
172 小林比呂古詩集 うめざわのりお・絵 横須賀スケッチ ☆★◎♡▲
173 林佐知子詩集 串田敦子・絵 きょうという日 ☆★◎♡▲
174 後藤基宗子詩集 岡澤由紀子・絵 風とあくしゅ ☆♥★◎♡
175 土屋律子詩集 高瀬のぶえ・絵 るすばんカレー ☆♡★◎▲
176 三輪アイ子詩集 深沢邦朗・絵 かたぐるましてよ ★☆♡
177 田辺瑞美子詩集 西真里子・絵 地球賛歌 ☆★◎
178 高瀬美代子詩集 小倉玲子・絵 オカリナを吹く少女 ☆♡
179 中野惠子詩集 串田敦子・絵 コロポックルでておいで ★♡☆●
180 松井節子詩集 阿見みどり・絵 風が遊びにきている ★☆♡▲

…ジュニアポエムシリーズ…

- 181 新谷智恵子詩集 徳田徳志芸・絵 とびたいペンギン 佐世保文学賞
- 182 牛尾良子詩集 牛尾征治・写真 庭のおしゃべり
- 183 三枝ますみ詩集 高見八重子・絵 サバンナの子守歌
- 184 佐藤雅子詩集 佐藤太清・菊池治子・絵 空の牧《まき》場《ば》
- 185 山内弘子詩集 おぐらひろかず・絵 思い出のポケット
- 186 山内弘子詩集 阿見みどり・絵 花の旅人
- 187 原国子詩集 牧野鈴子・絵 小鳥のしらせ
- 188 人見敬子詩・絵 方《はこ》舟《ぶね》地球号 —いのちは元気—
- 189 林佐知子詩集 串田敦子・絵 天にまっすぐ
- 190 小臣富子詩集 渡辺あきお・絵 わんさかわんさかどうぶつさん
- 191 川越文子詩集 かまだちえみ・写真 もうすぐだからね
- 192 永田喜久男詩集 武田淑子・絵 はんぶんごっこ
- 193 吉田房子詩集 大和田明代・絵 大地はすごい
- 194 石井春香詩集 高見八重子・絵 人魚の祈り
- 195 石原一輝詩集 小倉玲子・絵 雲のひるね
- 196 たかはしけいこ詩集 髙橋敏彦・絵 そのあと ひとは
- 197 宮田滋子詩集 おおた慶文・絵 風がふく日のお星さま
- 198 渡辺恵美子詩集 つるみゆき・絵 空をひとりじめ
- 199 宮中雲子詩集 西真里子・絵 手と手のうた
- 200 杉本深由起詩集 太田大八・絵 漢字のかんじ
- 201 井上灯美子詩集 唐沢静・絵 心の窓が目だったら
- 202 峰松晶子詩集 おおた慶文・絵 きばなコスモスの道
- 203 高橋文子詩集 山中桃子・絵 八丈太鼓
- 204 長野貴子詩集 武田淑子・絵 星座の散歩
- 205 江口正子詩集 髙見八重子・絵 水の勇気
- 206 藤本美智子詩・絵 緑のふんすい
- 207 林佐知子詩集 串田敦子・絵 春はどどど
- 208 小関秀夫詩集 阿見みどり・絵 風のほとり
- 209 宗美津子詩集 宗信寛・絵 きたのもりのシマフクロウ
- 210 かわてせいぞう詩集 髙橋敏彦・絵 流れのある風景
- 211 土屋律子詩集 高瀬のぶえ・絵 ただいまぁ
- 212 永田喜久男詩集 武田淑子・絵 かえっておいで
- 213 みたみちこ詩集 牧進・絵 いのちの色
- 214 糸永えつこ詩集 糸永わかこ・絵 母です 息子です おかまいなく
- 215 宮田滋子詩集 武田淑子・絵 さくらが走る
- 216 柏木恵美子詩集 吉野晃希男・絵 ひとりぼっちの子クジラ
- 217 江口正子詩集 髙見八重子・絵 小さな勇気
- 218 井上灯美子詩集 唐沢静・絵 いろのエンゼル
- 219 中島あやこ詩集 日向山寿十郎・絵 駅伝競走
- 220 高橋孝治詩集 髙見八重子・絵 空の道 心の道
- 221 江口正子詩集 日向山寿十郎・絵 勇気の子
- 222 宮田滋子詩集 牧野鈴子・絵 白鳥よ
- 223 井上良子詩集 銅版画 太陽の指環
- 224 川越文子詩集 山中桃子・絵 魔法のことば
- 225 西本みさこ詩集 上司かのん・絵 いつもいっしょ

…ジュニアポエムシリーズ…

226 おばらいちこ詩集 髙見八重子・絵 ぞうのジャンボ ☆★♡
227 吉田房子詩集 本田あまね・絵 まわしてみたい石臼 ★♡
228 吉田房子詩集 阿見みどり・絵 花　詩　集 ★♡◎
229 田中たみ子詩集 唐沢静・絵 へこたれんよ ★◎
230 林佐知子詩集 串田敦子・絵 この空につながる ★♡
231 藤本美智子 詩・絵 心のふうせん ★♡
232 火星雅範詩集 西川律子・絵 ささぶねうかべたよ ★♡▲
233 吉田房子詩集 岸田歌子・絵 ゆりかごのうた ★♡
234 むらかみみちこ詩集 むらかみみちこ・むらかみあくる・絵 風のゆうびんやさん ★♡
235 白谷玲花詩集 阿見みどり・絵 柳川白秋めぐりの詩 ★♡
236 ほさかとしこ詩集 内山つとむ・絵 神さまと小鳥 ★☆♡
237 内田麟太郎詩集 長野ヒデ子・絵 まぜごはん ☆★◎♡
238 小林比呂古詩集 出口雄大・絵 きりりと一直線 ♡★
239 牛尾良子詩集 おぐらひろかず・絵 うしの土鈴とうさぎの土鈴 ★◎♡
240 山本純子詩集 ルイコ・絵 ふ　ふ　ふ ★♡☆◎

241 神田亮 詩・絵 天使の翼 ★☆♡
242 かんざわみえ詩集 阿見みどり・絵 子供の心大人の心さ迷いながら ☆★◎
243 永田喜久男詩集 内山つとむ・絵 つながっていく ★☆♡
244 浜野木碧 詩・絵 海　原　散　歩 ☆★◎♡
245 やまうち・しゅうへい詩集 山本省三・絵 風のおくりもの ☆★◎♡
246 すぎもとれいこ 詩・絵 てんきになあれ ★
247 冨岡みち詩集 加藤真夢・絵 地球は家族 ひとつだよ ♡☆
248 北野千賀詩集 滝波裕子・絵 花束のように ♡☆★
249 石原一輝詩集 加藤真夢・絵 ぼくらのうた ♡★
250 土屋律子詩集 高瀬のぶえ・絵 まほうのくつ ♡☆
251 津坂治男詩集 井上良子・絵 白い太陽 ☆♡
252 石井英行詩集 よしだちなつ・表紙絵 野原くん ☆★♡
253 井上灯美子詩集 唐沢静・絵 たからもの ☆♡
254 大竹典子詩集 加藤真夢・絵 おたんじょう ☆
255 たかはしけいこ詩集 織茂恭子・絵 流　れ　星

256 谷川俊太郎詩集 下田昌克・絵 そ　し　て
257 なんば・みちこ詩集 布下満・絵 トックントックン 大空で大地で
258 宮本美智子詩集 阿見みどり・絵 夢の中に そっと
259 成本和子詩集 阿見みどり・絵 天使の梯子
260 海野文音詩集 牧野鈴子・絵 ナンドデモ

＊刊行の順番はシリーズ番号と異なる場合があります。

ジュニアポエムシリーズは、子どもにもわかる言葉で真実の世界をうたう個人詩集のシリーズです。本シリーズからは、毎回多くの作品が教科書等の掲載詩に選ばれており、1974年以来、全国の小・中学校の図書館や公共図書館等で、長く、広く、読み継がれています。

心を育むポエムの世界。

一人でも多くの子どもや大人に豊かなポエムの世界が届くよう、ジュニアポエムシリーズはこれからも小さな灯をともし続けて参ります。

銀の小箱シリーズ

- 葉 祥明 詩・絵　小さな庭
- 若山 憲 詩・絵　白い煙突
- こばやしひろこ・詩 うめざわのりお・絵　みんななかよし
- 江口 正子・詩 油野 誠一・絵　みてみたい
- やなせたかし 詩・絵　あこがれよなかよくしよう
- 冨岡 みち・詩 関口 コオ・絵　ないしょやで
- 小林比呂古・詩 神谷 健雄・絵　花かたみ
- 小泉 周二・詩 辻 友紀子・絵　誕生日・おめでとう
- 柏原 耿子・詩 阿見みどり・絵　アハハ・ウフフ・オホホ★♡▲
- こばやしひろこ・詩 うめざわのりお・絵　ジャムパンみたいなお月さま★

すずのねえほん

- たかはしけいこ・詩 中釜浩一郎・絵　わたし★◎
- 尾上 尚子・詩 小倉 玲子・絵　ぽわぽわん
- 糸永えつこ・詩 高見八重子・絵　はるなつあきふゆもうひとつ★ 児文芸新人賞
- 山口 敦子・詩 高橋 宏幸・絵　ばあばとあそぼう
- あらい・まさはる・童謡 しのはらはれみ・絵　けさいちばんのおはようさん
- 佐藤 雅子・詩 佐藤 太清・絵　こもりうたのように● 日本童謡賞 美しい日本の12ヵ月
- 柏木 隆雄・詩 やなせたかし他・絵　かんさつ日記★♡

アンソロジー

- 渡辺 浦人・編 村上 保・絵　赤い鳥 青い鳥●
- わたげの会・編 渡辺あきお・絵　花ひらく★
- 木曜会・編 西 真里子・絵　いまも星はでている★
- 木曜会・編 西 真里子・絵　いったりきたり♡
- 木曜会・編 西 真里子・絵　宇宙からのメッセージ
- 木曜会・編 西 真里子・絵　地球のキャッチボール★◎
- 木曜会・編 西 真里子・絵　おにぎりとんがった☆★◎
- 木曜会・編 西 真里子・絵　みぃーつけた♡★◎
- 木曜会・編 西 真里子・絵　ドキドキがとまらない
- 木曜会・編 西 真里子・絵　神さまのお通り★
- 木曜会・編 西 真里子・絵　公園の日だまりで★♡
- 木曜会・編 西 真里子・絵　ねこがのびをする